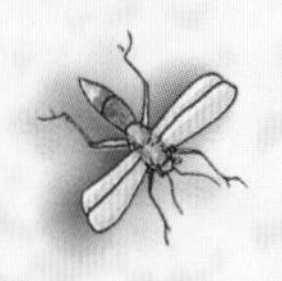

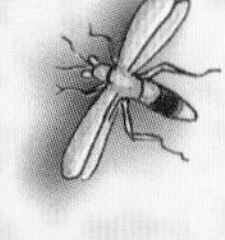

INTRODUCTION

As a nation with over 18,000 islands, Indonesia has hundreds of traditional languages and cultures, each with myths and legends to tell. With its backdrop of volcanoes, earthquakes, dense jungles, diverse wildlife and people, it is not surprising that Indonesia is rich with fabulous, imaginative tales.

Indonesia's many stories have traditionally been passed down through storytelling. For centuries, puppeteers have told long, interesting stories using delicately cut and colorfully painted shadow puppets.

The Indonesian island of Bali has a strong art and storytelling tradition. For centuries, Balinese painters and sculptors elaborately decorated the island's many temples. With the arrival of western artists in the 1920's, Balinese artists began to add depth and shading to human figures, use perspective and brighter colors. Today, Bail is alive with talented artists who capture local life in their detailed paintings of rice fields, farmers, marketplaces, musicians and dancers.

The Balinese are a gentle, spiritual people. Though not particularly wealthy, the Balinese are an amazingly happy people. With its classic Balinese artwork and its message of appreciating the good in one's life, Gecko's Complaint is a perfect introduction to the true spirit of Bali.

Gecko's Complaint

KELUHAN SANG TOKEK

A Balinese Folktale

BILINGUAL EDITION
ENGLISH AND INDONESIAN TEXT

Retold by
Ann Martin Bowler

Illustrated by
I Gusti Made Sukanada

PERIPLUS EDITIONS
Singapore • Hong Kong • Indonesia

Published by Periplus Editions (HK) Ltd.

Illustrated by I Gusti Made Sukanada
Book design by TLC Graphics, www.TLCGraphics.com

ISBN 978-0-7946-0165-2 (English edition)
ISBN 978-0-7946-0484-4 (Bilingual edition)

15 14 13 12 5 4 3 2 1111EP

Printed in Hong Kong

DISTRIBUTED BY:

Indonesia
PT Java Books Indonesia
Kawasan Industri Pulogadung
Jl. Rawa Gelam IV No. 9
Jakarta 13930, Indonesia
Tel: (62-21) 4682 1088
Fax: (62-21) 461 0207
crm@periplus.co.id
www.periplus.co.id

Japan
Tuttle Publishing
Yaekari Building 3F
5-4-12 Osaki, Shinagawa-ku
Tokyo 1410032, Japan
Tel: (03) 5437 0171
Fax: (03) 5437 0755
sales@tuttle.co.jp
www.tuttle.co.jp

North America
Tuttle Publishing
364 Innovation Drive
North Clarendon, VT 05759-9436, USA
Tel: (802) 773 8930
Fax: (802) 773 6993
info@tuttlepublishing.com
www.tuttlepublishing.com

Asia-Pacific
Berkeley Books Pte Ltd
61 Tai Seng Avenue, #02-12
Singapore 534167
Tel: (65) 6280 1330
Fax: (65) 6280 6290
inquiries@periplus.com.sg
www.periplus.com

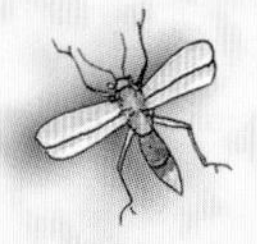

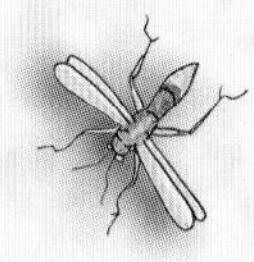

DEDICATIONS

To Jocean, who brought Indonesia home to us.
Thank you!
AMB

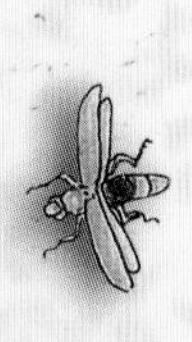

To Mayun.
IGMS

An enormous gecko once lived on the island we now call Bali, in a jungle dense with flowers and vines. Gecko's jungle had so many insects he hardly had to move to find his supper. When a mosquito buzzed by his banyan tree, he just flicked out his long, sticky tongue and caught his dinner.

Dahulu kala hiduplah seekor tokek raksasa di sebuah pulau yang kini kita sebut sebagai pulau Bali. Tokek itu hidup di tengah hutan yang dipenuhi dengan bunga-bunga dan tumbuh-tumbuhan merambat. Banyak serangga hidup di hutan itu, sehingga Sang Tokek tidak perlu bergerak jauh untuk menangkap mangsanya. Apabila seekor nyamuk terbang mendekati pohon beringin tempat ia tinggal, Sang Tokek hanya perlu mengulurkan lidahnya yang panjang dan lengket, untuk menangkap santapan malamnya.

Gecko could do things the other animals only wished they could do. He could run up trees and across branches, hanging on by the tiny hooks on the end of his toes. If he lost his tail, he would grow a new one, stronger than the last.

Gecko loved to prowl about at night. His loud clicking sound, "Geck-o, geck-o," woke the jungle animals from their sound sleep. They considered him a careless, self-centered fellow.

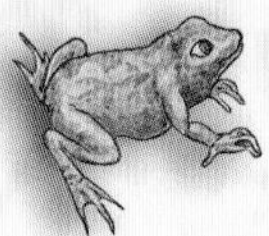

Tokek bisa melakukan banyak hal yang tidak bisa dilakukan oleh binatang lain. Ia dapat merayap ke atas pohon, melewati ranting-rantingnya, bahkan bergelantungan dengan ujung jari-jari kaki kecilnya. Jika ekornya terputus, ekor yang lebih kuat akan segera tumbuh lagi.

Tokek suka mencari mangsa di malam hari. Suaranya yang keras, "tok-ek, tok-ek," akan membangunkan binatang-binatang hutan lainnya dari tidur lelap mereka. Mereka memandang Sang Tokek sebagai binatang yang tidak bertenggang rasa, selalu memikirkan dirinya sendiri.

However, Gecko had complaints of his own. His jungle neighbors often interrupted his sleep. Sometimes Woodpecker drummed on his tree all through the night. Other times, just as Gecko was dozing off, fireflies would gather in great numbers. They would fly around him, lighting up the evening sky, their red and yellow spots glowing like sparks of fire.

Meskipun demikian, Sang Tokek juga memiliki keluhannya sendiri. Tetangga hutannya sering membangunkannya dari tidur. Kadang-kadang Sang Burung Pelatuk mengetukkan paruhnya semalam suntuk di pohon tempat Sang Tokek tinggal. Di waktu lain, ketika Sang Tokek baru saja tertidur lelap, datang berjuta-juta kunang-kunang yang terbang melintasi pohon tempat Sang Tokek tinggal, menerangi langit malam yang kelam menjadi terang benderang, dan bintik-bintik merah dan kuning pada tubuh kunang-kunang bersinar terang seperti percikan api.

One evening, the fireflies gathered around Gecko's banyan tree. It began with one single, small flicker. The rest of the fireflies flashed in response, sending waves of light up and down the jungle. Their sparks were so bright, they seemed to change night into day. The fireflies flashed on, hour after hour, until Gecko could take it no more. "Geck-o, geck-o, geck-o!" he called, wearily trudging up the hill to consult Raden, the jungle's chief.

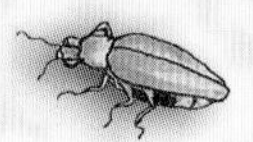

Suatu malam, segerombolan kunang-kunang berkumpul di dekat pohon beringin tempat Sang Tokek tinggal. Awalnya hanya kelap-kelip seekor kunang-kunang dan kemudian diikuti oleh kawan-kawannya, segerombolan kunang-kunang itu kemudian memendarkan gelombang cahayanya ke seluruh penjuru hutan. Cahaya itu sangat terang, seakan mengubah malam menjadi siang. Mereka memancarkan cahayanya sepanjang malam, hingga Sang Tokek tidak tahan lagi. Kemudian ia pergi berjalan ke atas bukit dengan susah payah untuk menemui Raden, si Raja Hutan. "Tok-ek, tok-ek!" ia memanggil Sang Raja Hutan keluar dari sarangnya.

"This had better be important!" said Chief Raden, dragging himself out of bed. "It's the middle of the night."

"Oh, it is important, Chief," Gecko replied hastily. "I can't sleep! The fireflies keep flashing their lights."

The lion smiled. "Well, we seem to have the same problem. The fireflies disturb you and you disturb me."

"Yes," said Gecko, feeling ashamed. "I wouldn't complain, sir, but I just can't sleep!"

"I'll look into it," Raden promised.

"Begitu pentingkah masalahmu?" kata Raden, si Raja Hutan seraya turun dari tempat tidurnya. "Hari sudah larut malam."

"Oh ya, ini sungguh penting, Raja Hutan," jawab Sang Tokek dengan tergopoh-gopoh. "Saya tidak bisa tidur! Kunang-kunang itu terus-menerus memancarkan cahayanya."

Singa itu tersenyum. "Tampaknya kita mempunyai masalah yang sama. Kunang-kunang itu mengganggumu dan kau menggangguku."

"Ya," jawab Tokek dengan tersipu malu. "Saya sebenarnya tidak akan mengeluh, Tuan, tetapi saya sungguh tidak bisa tidur!"

"Saya akan menyelidikinya," janji Raden, si Raja Hutan.

Early the next morning, the lion paid a visit to the fireflies, asking, "Why do you bother others? Night is to be a peaceful, quiet time in our jungle."

The fireflies answered meekly. "We meant no harm by our flashing! Woodpecker was drumming all night, sending signals of alarm. We were just passing his message on."

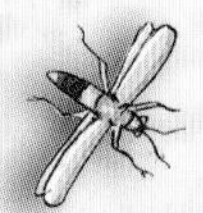

Keesokan harinya, singa itu mengunjungi kunang-kunang dan bertanya, "Mengapa kamu mengganggu kawan-kawanmu? Malam hari seharusnya adalah waktu yang damai dan tenang di hutan ini!"

Kunang-kunang menjawab dengan lembut, "Kami tidak bermaksud mengganggu dengan cahaya kami! Tetapi burung pelatuk itu mengetukkan paruhnya sepanjang malam untuk mengirimkan tanda bahaya. Kami hanya melanjutkan pesan tersebut."

Raden had no trouble finding Woodpecker. Her loud hammering echoed far and wide. "Please explain your endless tapping!" demanded the lion.

Woodpecker explained quickly, "Black Beetle leaves manure all over the jungle path. She must be stopped before we all get sick from this filthy dung! I've been tapping to warn the others."

"This is a serious matter!" Raden agreed. "I will find Beetle immediately."

Tanpa banyak kesulitan, Raden menemui burung pelatuk. Suara ketukan paruhnya terdengar jauh bergema sampai ke mana-mana. "Bisakah kamu menjelaskan mengapa kamu mengetuk-ketukkan paruhmu tanpa henti?" kata sang Singa.

Burung pelatuk cepat-cepat menjelaskan, "Kumbang Hitam menebarkan kotoran ke seluruh penjuru hutan. Dia harus dihentikan sebelum kita semua jatuh sakit karena kotoran yang menjijikkan itu. Saya hanya bermaksud memberi peringatan kepada semua warga hutan."

"Masalah ini cukup serius!" kata Raden. "Saya akan segera menemui si Kumbang."

Black Beetle, plump and gleaming like polished copper, was busy rolling her filthy loads when Chief Raden arrived. Beetle stopped working and humbly explained, "Water Buffalo strolls down the path often, sir, and drops his patties of manure as he walks. I'm only doing my duty by cleaning the pathway."

Raden, worn out by all the complaining, set out for home. Before leaving, he instructed Black Beetle, "Send Water Buffalo to me the moment you see him!"

Si Kumbang Hitam, bulat dan bercahaya seperti tembaga yang dipoles, sedang sibuk menebarkan kotoran ketika Raden Si Raja Hutan datang menemuinya. Si Kumbang segera menghentikan pekerjaannya dan menjelaskannya dengan rendah hati, "Si Kerbau sering berjalan-jalan di hutan ini, Tuan, dan sambil berjalan, ia selalu membuang bongkahan kotorannya di jalan. Saya hanya melakukan tugas saya untuk membersihkan jalan ini."

Raden yang sangat kesal mendengar semua keluhan itu, memutuskan untuk pulang. Sebelum pergi meninggalkan si Kumbang Hitam, ia berpesan, "Begitu kamu bertemu dengan si Kerbau suruhlah ia datang menghadapku."

Water Buffalo rushed to Chief Raden's home, ready to defend himself. "No one understands my work! Rain makes huge potholes in the jungle path. I leave my dung on the pathway to fill up these holes, making it easier for all to travel."

The lion let out a roar that shook the jungle. Weary from endless complaints, yet unwilling to give up, Raden decided to speak directly to Rain. He set out for Mount Batur, a tall mountain where Rain is always near.

Si Kerbau bergegas pergi ke rumah Raden Si Raja Hutan, dan siap mempertahankan perbuatannya. "Tidak ada seekor binatang pun yang memahami apa yang saya kerjakan! Hujan membuat lubang-lubang besar di jalan-jalan. Saya menebarkan kotoran saya untuk menutupi lubang tersebut sehingga memudahkan siapa saja yang melewati jalan itu."

Sang Singa kemudian mengaum dengan keras. Suaranya mengguncang seluruh isi hutan. Meski lelah dengan berbagai keluhan dari warga hutan, ia belum mau menyerah. Raden Si Raja Hutan memutuskan untuk menanyakan secara langsung pada Sang Hujan. Ia berangkat ke Gunung Batur, sebuah gunung yang sangat tinggi, untuk mendekati Sang Hujan.

Storm clouds gathered as the lion lumbered up the mountain. The blowing Wind made his climb difficult. When he reached Mount Batur's highest peak, Chief Raden roared loudly, "Rain, why are you ruining the jungle pathways and causing so many problems for the animals?"

Awan hitam bergulung-gulung menjadi satu ketika Singa mendaki gunung dengan susah payah. Angin yang bertiup kencang membuatnya sulit mendaki. Ketika ia berhasil mencapai puncak Gunung Batur yang tertinggi, Raden Si Raja Hutan mengaum dengan keras, "Hai Sang Hujan, mengapa engkau merusaki jalan-jalan di hutan kami dan menyebabkan begitu banyak masalah bagi warga hutan?"

While waiting for Rain's reply, Chief Raden dropped to the ground in exhaustion. Looking out over Bali, he saw sparkling rivers, blue skies filled with drifting clouds, and endless hills of green. Raindrops fell, cooling his tired body. Wind blew his worries far, far away.

Raden then understood he was asking a very foolish question. Resting there, he thought of all who benefit from Rain: the colorful birds, the strong animals and even the lowly mosquitoes. Raden smiled, enjoying life around him as he walked toward home.

Sambil menunggu jawaban Sang Hujan, Raden Si Raja Hutan rebah kelelahan di tanah. Ia memandang ke bawah dan melihat pulau Bali dari atas gunung. Dilihatnya sungai yang bercahaya gemerlap, langit biru penuh dengan awan yang berarak-arak, dan bukit yang hijau sejauh mata memandang. Hujan pun turun, menyejukkan tubuhnya yang lelah. Angin bertiup mengusir jauh-jauh kekhawatiran Sang Raja Hutan.

Raden kemudian sadar bahwa ia baru saja menanyakan suatu pertanyaan yang sangat bodoh. Sambil beristirahat sejenak di sana, ia membayangkan mereka yang diuntungkan oleh Sang Hujan: burung-burung yang beraneka warna, binatang-binatang yang kuat, dan bahkan nyamuk-nyamuk kecil.

Sambil berjalan pulang, Raden tersenyum menikmati kehidupan di sekelilingnya.

When he arrived home, Chief Raden summoned Gecko and the other complaining animals. The Chief spoke sternly. "Think of the gifts Rain gives to us: the rivers, the many plants of the jungle and the food that we eat."

Begitu ia tiba, ia mengumpulkan Tokek dan binatang-binatang lain yang telah berkeluh kesah padanya. Raja Hutan berbicara dengan tegas, "Pikirkan apa yang telah diberikan oleh Sang Hujan pada kita: sungai-sungai, berbagai macam tanaman di hutan, dan makanan yang kita makan."

"And may I remind you, Gecko, that without Rain, there would be no mosquitoes, and without mosquitoes, you would be a hungry and unhappy fellow."

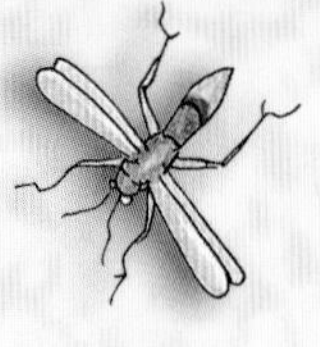

"Dan ingatlah kamu, Tokek, bahwa tanpa hujan, tidak akan ada nyamuk-nyamuk, dan tanpa nyamuk, kamu akan kelaparan dan menjadi binatang yang tidak berbahagia."

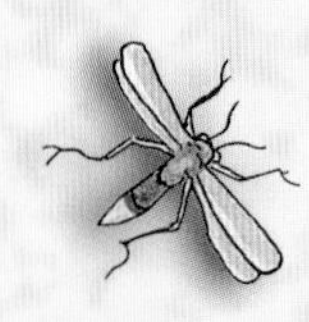

In a powerful voice, Chief Raden commanded, "Quit your complaining! Go home and live in peace with one another!"

Dengan suaranya yang menggelegar, Raden Si Raja Hutan memerintah, "Hentikan keluhanmu! Pulanglah ke rumahmu masing-masing dan hiduplah dalam damai satu sama lain!"

That is just what the animals of Bali did.

Today, Woodpecker is careful not to hammer on Gecko's tree. The fireflies still light up the evening sky, but not close to Gecko. And Gecko, who grows fatter each day, finds little to complain about.

Itulah tadi kisah binatang-binatang di Pulau Bali.

Sekarang, Si Burung Pelatuk sangat berhati-hati untuk tidak mengetuk-ketukkan paruhnya pada pohon dimana Sang Tokek tinggal. Kunang-kunang masih terus memancarkan cahayanya di langit malam, namun tidak terlalu dekat dengan tempat tinggal Sang Tokek. Dan Sang Tokek sendiri, yang dari hari ke hari semakin gemuk tubuhnya, sekarang hampir tidak pernah mengeluh lagi.